1837
AUX ENFERS,

REVUE FANTASTIQUE MÊLÉE DE COUPLETS,

PAR

MM. CLAIRVILLE aîné, et DELATOUR,

auteurs de 1836 DANS LA LUNE.

Représentée, pour la première fois, sur le théâtre du Luxembourg, le 30 décembre 1837.

PRIX : HUIT SOUS.

PARIS,
MORAIN, LIBRAIRE-EDITEUR,

au Cabinet Littéraire,

RUE DU FAUBOURG SAINT-MARTIN, N° 43,
AU COIN DU PASSAGE DE L'INDUSTRIE.

1838.

A Madame

L. F. B. Molé.

———◦◦◦◦◦———

Madame, en vous priant d'accueillir au berceau
    Les premiers chants de cet enfant nouveau,
Nous avons eu recours à votre bienveillance.
    Et quelque chose nous a dit :
Que chez vous les vertus, les talents et l'esprit
    Ont pour compagne l'Indulgence.
Sous votre aimable égide, alors que nous plaçons
    Notre Revue et ses flonflons,
Nous bravons d'un censeur l'humeur triste et morose.
    Est—ce de la témérité ?
Non !... mais pour avocat lorsqu'on a la beauté,
    Ou est sûr de gagner sa cause.

CLAIRVILLE AÎNÉ ; DELATOUR DE LA JONCHÈRE.

1857 AUX ENFERS,

REVUE FANTASTIQUE MÊLÉE DE COUPLETS.

PAR MM. CLAIRVILLE AINÉ ET DELATOUR,

Auteurs de **1836** *dans la lune.*

PERSONNAGES.	ACTEURS.
LUCIFER	M. REMI
RICARAC, diable	M. ARTHUR
ASTAROK, diable	M. BOURGEOIS jeune
L'INDULGENCE	Mlle DÉSIRÉE LEBRUN
M. HOUBLON	M. DORGEBRET
M. PORTER	M. HENOT
MAD. DUTOUPET du Morbiban	Mad ÉMELINA GOSORA
DUTHERME	M. LEBRUN
LA BLANCHISSEUSE de la Gare	Mad ÉMELINA
M. PARACROTTE	M. AUGUSTE
Milord CIRAGICOFF	M. ALLAUME
La ville de VERSAILLES	Mad ÉMELINA
DURAIL	M. LEBRUN
LA SYLPHIDE	Mlle GABRIELLE
LE DANSEUR ESPAGNOL	M. ALLAUME
LA DANSEUSE ESPAGNOLE	Mad. SYLVAIN
L'ANNÉE 1838	Mad ÉMELINA

Le Bonheur, l'Espérance, Danseurs, Bayadères, Diables, Diablesses.

SCENE I.

RICARAC, *seul, (il entre et parle à la cantonnade.*

Paresseux !.. fainéants !.. onze heures bientôt, et rien n'est encore achevé !.. vous verrez que l'année 1838 commencera sans nous! ce pauvre Lucifer! devient-il ganache !. autrefois, jamais il ne manquait d'inventions diaboliques !.. ah! dame, fallait voir comme on s'y laissait prendre là-haut, mais c'est fini !

Air : un Page aimait la jeune Adèle.

Du genre humain troublant les destinées
Nous avons sû renverser ses autels!
C'est grâce à nous qu'autrefois les années,
Faisaient damner tous ces pauvres mortels;

Mais arrivés dans le siècle où nous sommes,
Comment trouver des inspirations?
Nous commençons à ressembler aux hommes!
Le diable aussi manque d'inventions!

Ce n'est pas étonnant, le diable se fait si vieux! et depuis la création du monde nous avons créé tant de choses!.. cependant les douze mois qui viennent de s'écouler nous ont fait honneur, il faut nous rendre justice!.. là-haut, c'était à qui se damnerait davantage.

LUCIFER, *dans la coulisse.* Ricarac! Ricarac!

RICARAC. Allons! voilà qu'il m'appelle, à présent!.. je ne sais pourquoi, mais depuis quelques jours il me fait peur!.. il devient si méchant! si méchant!..

LUCIFER, *appelant.* Ricarac!

RICARAC. Voilà, maître!

SCENE II.

LUCIFER, RICARAC.

LUCIFER. Ça n' va pas, ça n' va pas!.. mes chaudières sont froides, mes roues ne tournent plus, mes broches sont vides!.. ah! ça voyons, Ricarac, est-ce pour s'amuser qu'on est aux enfers? il faudrait me le dire, mon cher ami; je tâcherais de te procurer quelques petits plaisirs de société.

RICARAC. Maître, j'ai donné des ordres...

LUCIFER. Mais malheureux, qu'as-tu fait de tous ces damnés qui nous sont arrivés pendant les derniers mois? — Je t'avais ordonné de les scier entre deux planches... de faire couler dans leurs veines une quantité prodigieuse de plomb, de les écorcher vifs... enfin, de les traiter convenablement, — pas du tout, — il me prend fantaisie de parcourir mon enfer... et qu'est-ce que je vois? des gens qui se divertissent, qui s'amusent, qui se réjouissent, comme s'ils n'avaient rien de mieux à faire.

Air : *Vive les amours qui toujours.*

En rôtissant Piron chantait
Il composait
Il faisait
Un couplet,
De ce couplet improvisé,
Moi, Lucifer, je fus scandalisé.

Des danseuses de l'Opéra
Se trouvaient là,
Dansaient la cachucha,
C'est un pas fort divertissant ;
Qui maintenant,
Remplace le cancan.

J'ai vu Marion,
Et Ninon,
Qui se croyaient encore à Trianon.
Et de Bièvre dans un discours,
Sur mes fourneaux faisait des calembourgs.

Mais un fait bien plus scandaleux,
Bien plus affreux,
Se passait sous mes yeux!
Au loin Proserpine écoutait
Ce qu'aux damnés Roquelaure contait.

Enfin, c'était à qui chantait,
Riait, dansait, valsait
Et galopait.
De l'enfer où je les ai mis
Ils se faisaient un paradis.

Mais quand je parus devant eux,
J'ai fait cesser les danses et les jeux ;
A tous mes esprits infernaux
J'ai demandé des supplices nouveaux.
Car je veux les faire souffrir
Je veux les faire et bouillir et rôtir,
Je prétends les martyriser
Les épuiser
Et les pulvériser!

Je n'ai pas de plus grand plaisir,
Que de les faire bouillir et rôtir,
Oui, je veux les martyriser
Les épuiser
Et les pulvériser!

RICARAC. Généreux maître, à l'avenir je te jure d'exécuter en tous points tes gracieuses volontés.

LUCIFER. A la bonne heure!.. car autrement, je me verrais forcé de te diviser en plusieurs morceaux. — Ah! ça, dis-moi? l'année va bientôt finir et c'est toi qui remplacera Astarok sur la terre. — as-tu quelque chose de nouveau pour l'année 1838? quelque chose de bien diabolique... quelque chose enfin qui nous damne beaucoup de monde?

RICARAC. J'ai fait de mon mieux. — les actions... les réactions... les séditions... les mystifications... les élections... les rébellions... les contributions... les révolutions... les arrestations... les abominations... j'ai mis tout en compilation!

LUCIFER. Quelle provision! je suis assez content d'Astarok, l'année 1837 n'a pas été mauvaise pour nous... tout le monde là-haut se donnait au diable !.. mais à propos?.. où donc est-il Astarok?.. il devrait être déjà venu me rendre ses comptes.

RICARAC. En effet ! ce retard n'est pas naturel. (*On entend gronder le tonnerre.*) Le voilà sans doute.

LUCIFER. Vite rassemblons nos sujets !

Il frappe sur un beffroi, un son lugubre se fait entendre, les diables et diablesses paraissent.

SCÈNE III.

LUCIFER, RICARAC, Diables, Diablesses, *peu d près* ASTAROK.

CHŒUR INFERNAL.

Air : *Chœur des démons de Robert-le-Diable.*

Si des diables
Effroyables
Peuplent notre enfer,
Ils nous tentent
Quand ils chantent :
Gloire à Lucifer !

Bien suprême,
Le ciel même
A mis dans nos mains
Des supplices,
Pour les vices
De tous les humains !

Après le chœur, les éclats du tonnerre se font entendre avec plus de force. — Le théâtre est en feu. — On voit Astarok descendre sur un dragon volant.

ASTAROK.

Air : *de Carabosse.*

Mon voyage   *bis.*
Vous a donné de l'ouvrage,
Je voyage   *bis.*
Avec de nouveaux
Fléaux !

J'étais en veine,
Jugez mes travaux ;
Je vous amène,
Des originaux !
Mon voyage, etc.   *bis.*

CHŒUR DES DIABLES.

Son voyage   *bis.*
Nous a donné de l'ouvrage,
Il voyage   *bis.*
Avec de nouveaux
Fléaux.

LUCIFER. Silence !.. vous m'étourdissez, s'il vous arrive d'ajouter un seul mot, je vous fais arracher la langue à tous. — oh ! ça voyons, ce que l'année 1837 a produit de neuf ? — Astarok, je t'attends.

ASTAROK. Maître, tu vas être obéi. (*Il va au milieu du théâtre.*) Nouveautés parisiennes, paraissez à ma voix.

(*Coup de tonnerre.*)

SCÈNE IV.

Les Mêmes, L'INDULGENCE.

L'Indulgence est une jeune fille du regard doux et bienveillant ; — elle porte une robe blanche ; est coiffée en cheveux, elle a un grand voile. Sur la tête une couronne de roses blanches, — elle tient à la main des couronnes.

L'INDULGENCE.

Air : *nouveau de* (M. Nadau.)

Je suis l'indulgence
Chère à tous les cœurs,
Je suis la providence
Des artistes et des auteurs.

Sans être bon lorsqu'un ouvrage
Donne l'espoir que son auteur.
En travaillant avec courage,
Peut en présenter un meilleur ;
Je l'applaudis avec sagesse
Tout en lui montrant ses défauts,
Je distribue avec adresse
Et ma critique et mes bravos.

Je suis l'indulgence, etc.

LUCIFER. Tu es l'indulgence ?

L'INDULGENCE. Oui, seigneur Lucifer !.. c'est moi qui soutiens les faibles, qui encourage les débutants. — Je viens m'offrir la première à vos regards pour vous disposer favorablement en faveur des productions nouvelles de cette année. Je viens aussi vous rendre compte des nouveautés de l'année 1837, dans les beaux arts et au théâtre.

LUCIFER, *souriant.* Compte rendu par l'indulgence !.. j'aurais mieux aimé entendre la critique ! mais enfin une fois par hasard... je crois que vous devez avoir de la besogne là-haut ?

L'INDULGENCE. Je vous en réponds !.. les hommes ont souvent recours à moi ; et moi toujours bonne, toujours obligeante, je me fais un plaisir de ne jamais les refuser.

8

LUCIFER. Tu t'es reposée un peu cette année.

L'INDULGENCE. Cette année!.. oh! mon Dieu non!.. 1837 m'a donné plus d'ouvrage que ses sœurs aînées.

LUCIFER. Vraiment?

L'INDULGENCE. Je ne mens jamais.

Air : des Comédiens. (Miller.)

J'eus cette année et surtout au théâtre
Beaucoup à faire, on peut le concevoir ;
C'est que chez nous l'esprit est si folâtre
Que tout le monde hélas ! croit en avoir.
Encore placé sur les bancs de l'école,
L'adolescent déjà rime un bien flou ;
Et maintenant l'esprit le plus frivole
Croit surpasser Molière et Crébillon !
Naître et mourir sans avoir d'existence,
Voilà le sort des chefs-d'œuvre nouveaux !
Mais il en fut près de qui l'indulgence
A juste titre accordait ses bravos !
Pour applaudir la *Camaraderie*,
Longtemps la foule encombra les Français,
On admirait la fine raillerie
De cet auteur si bien fait aux succès !
Au Vaudeville on se faisait conduire
Lorsqu'on était triste comme un hibou ;
On se pâmait éclatant d'un fou rire,
En écoutant les chants du *Tourlourou*.
Et ce pêcheur que l'Ambigu regrette,
Ce *Gaspardo* que l'on trouvait charmant,
A su pêcher mainte bonne recette,
Et cette pêche est rare maintenant.
Chez sa voisine on n'est pas en arrière,
Là le triomphe est en pleine faveur !
Car tous les soirs on voit la *Pauvre mère*
Faire couler les pleurs du spectateur.
J'ai des beaux arts soutenu le génie,
Encouragé les élèves nouveaux ;
En eux j'ai vu l'espoir de la patrie,
Avec bonté j'accueillis leurs travaux,
Et ce fronton que tout Paris admire,
Qui fait l'orgueil de notre nation,
J'étais heureuse en entendant redire :
David aussi prend place au Panthéon.
Lorsque parut ce chef-d'œuvre exemplaire
Du grand talent de notre *Sigalon*;
Là l'indulgence était peu nécessaire,
Il ne fallait que l'admiration.

J'eus cette année et surtout au théâtre, etc.

LUCIFER. Je te remercie de ces détails.

L'INDULGENCE. Ma mission est remplie, je quitte bien vite ces lieux; car là-haut, on ne peut se passer de moi; sans l'indulgence chez les mortels, tout irait bien mal.
Elle sort en chantant.
Je suis l'indulgence, etc.

SCÈNE V.

LUCIFER, RICARAC, ASTAROK; Diables, Diablesses, *puis* HOUBLON. M. PORTER, *dans une loge.*

RICARAC. Elle est ma foi bien gentille!

LUCIFER. Imbécile! c'est une peste pour nous ! — avec sa bonté, sa douceur, elle ne nous damnera pas un seul homme.

ASTAROK. Maître, voici un nouveau visiteur.

HOUBLON.

Il est habillé en fashionable, il porte une jaquette en mousseline, brodée et garnie en dentelle

Air : J'avais prédit que chaque mois.

C'est vainement que l'on voudrait
Blâmer ma bierre lyonnaise;
Dans mes caves on placerait
Toute la brasserie anglaise.
Ma bierre
Doit faire
Fureur,
Je suis brasseur ! (4 fois.)

Air : Un homme, un homme.

Ma bierre
Doit faire
Les délices de ce quartier,
Ma bierre
Doit plaire
Au monde entier!
Ma bierre, bierre sans pareille
Revient à trois sous la bouteille!
J'en fabrique pour tous les goûts,
J'ai des fontaines de cent sous,
Messieurs, régalez-vous!
Ma bierre
Doit faire, etc.

LUCIFER. Ah! tu es brasseur ?

RICARAC. Et brasseur renommé! M. Houblon!

HOUBLON. Diable! vous êtes trop bon! — Oui, je suis brasseur, et m'en fais honneur! — quand l'été viendra, plus de marchands de coco, enfoncés les marchands de coco! — Un sou le verre de bierre, rien qu'un sou! et de la bierre mousseuse, excellente — et je vous prie de croire que ce n'est pas de la petite bierre.

PORTER, *se levant.* Godeam! je boxerai vous !

LUCIFER. Qui ose nous interrompre ?

RICARAC. C'est M. Porter, brasseur

anglais. — J'avais oublié de vous dire, maître, que cette année on a construit une brasserie lyonnaise magnifique près le Luxembourg; en même temps qu'aux Champs-Élysées on formait un établissement semblable sous la dénomination de brasserie anglaise.

PORTER. Ies! ies! brasserie charmante! élégante! beaucoup... qui enfoncera et boxera!

RICARAG. Aussi Paris fut inondé de prospectus, de brocards, de médisance et de bierre! il en pleuvait partout.

HOUBLON. Je suis fâché de n'avoir pas apporté quelques échantillons de ma fabrique, de mes jolies petites fontaines, par exemple, afin que votre Majesté puisse apprécier ma marchandise. — Mais qu'importe, je vous fais de la bierre avec un rien; dites un mot, et je vais vous en brasser.

LUCIFER, surpris et mécontent. Comment, m'embrasser!

HOUBLON. Vous brasser de la bière.

PORTER. Je boxerai vous.

HOUBLON. Laissez-moi donc tranquille avec votre boxement.

LUCIFER. Et tu viens m'offrir quelques quarts, quelques-unes de tes nouvelles fontaines?

HOUBLON. Du tout! — je viens vous apporter des actions.

LUCIFER. Des actions!

HOUBLON. Oui, c'est l'usage. Maintenant, quand nous voyons que le client ne donne plus, que nos chaudières sont froides cinq ou six fois, dans un mois, que la consommation est à tous les diables, nous mettons nos entreprises en société; nous divisons un capital quelconque; mais qui est toujours de quelques millions de francs, en actions, demi-actions, quart-d'actions, — nous annonçons et promettons que tous les bénéfices seront pour les actionnaires. — Trente pour cent par an; rien que ça; puis part dans l'excédent. — Le gérant ne conserve pour lui que la peine de faire marcher l'établissement.

Air : *Oui je suis la Vaubalière.* (1856 dans la lune.)

C'est comme une épidémie,
Tout se met en actions,
Bientôt la mort et la vie
Seront en souscriptions.

Cabriolets, lumière,
Café, vapeur et cætera;
Jusqu'à l'art culinaire,
En commandite on mangera!

C'est comme une épidémie, etc.

Les brasseurs las de faire
De tristes spéculations,
N' font plus mousser leur bierre;
Mais font mousser leurs actions.

C'est comme une épidémie, etc.

Cette manie anglaise,
Prend à Paris bien mieux qu'ailleurs,
Un jour le pèr' Lachaise,
Demandera des souscripteurs.

C'est comme une épidémie, etc.

PORTEL. C'est une indignation! je veux boxer.

HOUBLON. Au diable goddeam!

LUCIFER. Peux-tu me dire pourquoi, étant Français, tu te coiffes comme un Chinois? qu'y a-t-il de commun entre la bierre et la Chine?

HOUBLON.

Air : *Mon pays avant tout.*

Ce n'est pas là tout-à-fait mon costume,
Mais je ne puis me coiffer en bourgeois.
Des parisiens, je connais la coutume,
Il faut surprendre, étonner quelquefois,
Voilà pourquoi je me coiffe en Chinois.
Nous enfonçons la brasserie anglaise,
Car mes grelots retentissent partout.
Vive à jamais la bierre lyonnaise!
Je suis Français! les Chinois avant tout.
Vive à jamais la bierre lyonnaise!
Je suis français! et ma bierre avant tout!
Les Chinois, et ma bierre avant tout!

PORTER. Ce être trop fort! je veux boxer vous.

HOUBLON. Combien voulez-vous d'actions?

Il tire de sa poche un carnet et un crayon, il est prêt à inscrire les commandes qu'on va lui faire.

LUCIFER. Moi prendre des actions pour ta brasserie? allons donc!

HOUBLON. Pourquoi pas? c'est une excellente affaire que vous feriez... à Paris on se les arrache, il ne m'en reste presque plus.

LUCIFER. C'est que, vois-tu, nous autres qui lisons dans le cœur des mortels, avec toutes ces associations, ces souscriptions, ces invitations, ces honnêtes contributions, nous savons ce dont il retourne.

HOUBLON. Avec un homme comme moi, vous n'avez rien à craindre... Je ne suis pas de ces charlatans qui, sous l'égide d'inventions étrangères veulent éblouir et tromper leurs compatriotes! — Tous les jours, à toutes les heures, la brasserie de la rue de Fleurus est visible pour tous, — quarts... fontaines... on pourra tout visiter, admirer.

Air : *Vaudeville de l'Avare.*

Depuis que ma bierre en fontaine
Affriande mes chers clients,
Frais, bien portants, rien ne les gêne,
Ils sont rajeunis de vingt ans;
On ne voit plus leurs cheveux blancs.
Aussi partout, en conscience,
Les gourmets chantent ses vertus!
Oui, la fontaine de Fleurus,
Est la fontaine de Jouvence!   (bis.)

PORTER. Je boxerai toi... et tes fontaines.

HOUBLON. D'après cela que dites-vous de mes actions?

LUCIFER. Eh! bien... j'en prends cinquante! — je veux que l'enfer travaille aussi à ta prospérité.

HOUBLON. Bravo!.. vous mon associé!.. c'est ce qui pouvait m'arriver de plus heureux! je vais bien vite vous expédier vos cinquante actions; j'en ajouterai quelques-unes que vous trouverez bien à placer parmi vos diables et diablesses... le premier brassin sera celui de la reconnaissance.

PORTER, se levant. Je vais attendre toi dans le antichambre du diable.

Il sort de la loge.

Houblon sort en chantant.

Je suis brasseur! etc.

SCÈNE VI.

LUCIFER, RICARAC, ASTAROK, Mad. DUTOUPET du Morbihau.

LUCIFER. Encore un qui nous reviendra un jour... et je n'en serai pas fâché, — il a l'air d'un bon vivant.

ASTAROK, qui a remonté la scène. Voici un monsieur!.. non... c'est une dame! ma foi, je ne sais trop.

MAD. DUTOUPET.

Elle est habillée en homme à la mode, elle a une redingotte de mousseline par-dessus ses habits, un chapeau d'homme sur son bonnet, elle a une cravache à la main, et un cigare à la bouche.

Air : À coup de pied à coup de poing.

Femmes nous nous distinguerons,
Nous nous immortaliserons,

Car c'est une guerre intestine,
Il est bien juste, je le crois,
Qu'un sexe défende ses droits;
Faisons des lois;
Et soumis à nos voix,
Les hommes feront la cuisine.

LUCIFER. Quel est ce personnage amphibologique?

RICARAC. Madame Dutoupet du Morbihan! une femme extraordinaire, et très émancipée pour son âge.

LUCIFER. En effet! elle a l'air d'un luron!

MAD. DUTOUPET. Oui, c'est moi qui fais l'impossible pour l'émancipation de la femme... c'est moi qui veux lui rendre les droits qu'elle tient du créateur, de la nature, et dont les hommes se sont emparé par égoisme, — ils ne savent pas ce que peut une volonté féminine!.. ce que femme veut, Dieu le veut!

LUCIFER, d'un air fâché. Hein!

MAD. DUTOUPET. Pardon! le diable doit le vouloir aussi.

LUCIFER. Je connais un autre proverbe qui dit : du côté de la barbe est la toute puissance.

MAD. DUTOUPET. Cette puissance n'existe que parce que nos devancières ont été trop bonnes, trop faibles... au douzième siècle, une femme appelait son mari : Seigneur et Maître; au dix-neuvième nous l'appelons : monstre! tyran! scélérat!.. c'est beaucoup plus moderne, et bien plus sonore.

LUCIFER, à part. Bravo! cette gaillarde là, fera damner tout le genre masculin!

MAD. DUTOUPET. Nous devons nous venger du mépris que les hommes ont pour nous; à les entendre, ces pauvres femmes ne sont bonnes à rien... et pourtant, elles ont souvent donné l'exemple du courage et du génie.

Air : Haïss' les femmes qui voudra.

Qui d'Holopherne préserva
Les habitants de Béthulie?
Dans Orléans qui triompha?
Qui délivra notre patrie?
Qui sut mourir pour la patrie?
Qui dans Beauvais des Bourguignons
Détruisit l'espérance?
Qui des gardiens de nos prisons,
Trompant la vigilance,
Fit sauver l'innocence?   (bis)
Qui de Corine fut l'auteur?
Et qui fit passer dans les âmes

Tant d'émotions, de bonheur !
Vous le voyez ce sont des femmes !
Oui, des femmes ! de dignes femmes !
  Vivent les femmes ! (*bis*)

LUCIFER. A merveille ! ... mais tu ne dis pas tout.

Même air.

Jadis de ce pauvre Renaud,
Qui sut déranger la cervelle ?
De Frédégonde et Brunehaut,
L'histoire vous charmerait-elle ?
Est-il histoire plus cruelle !
Qui des Troyens causa les maux ?
Qui d'un poignard funeste
Arma le bras d'Oreste ?
Qui fit périr les Huguenots ?
A quelle âme fervente,
Doit-on l'édit de Nante ! (*bis*)
Enfin, de pays en pays
Qui nous amène le plus d'âmes ?
Qui fait damner tous les maris ?
Eh ! bien ce sont encor les femmes !
  Toujours les femmes ! (*bis*)

MAD. DUTOUPET. Vous n'êtes pas galant, mon cher; et je vois que je perdrais mon temps à vous convertir. — d'ailleurs, ma présence est nécessaire là-haut. Ces femmes sont si faibles !.. sans moi, je suis sûre qu'elles se laisseraient encore séduire... ces monstres d'hommes sont si flagorneurs !... mais patience! patience! j'y mettrai bon ordre... allons, sans adieu, Lucifer, je t'enverrai tous les maris de ma connaissance. —

Air : *Je ne déserterai jamais.*

Allons femmes, révoltez-vous,
Il faut seconder mon courroux,
Il faut que désormais par nous
Les hommes tombent sous nos coups.

Messieurs, prenez bien garde,
Car avant peu, je crois,
Nous monterons la garde,
Et nous ferons des lois.
Par un nouveau système
Nous vous gouvernerons ;
Et nous ferons même
Des déclarations.

Allons femmes, révoltez-vous ! etc.

Elle sort.

SCÈNE VII.

LUCIFER, RICARAC, ASTAROK, DIA-
BLES, DUTHERME.

RICARAC. Eh ! bien, maître ! qu'en dites-vous !

LUCIFER. C'est ma foi du curieux ! et surtout du nouveau — son mari doit souvent se donner à nous.

RICARAC. C'est à peu près l'usage de tous ces messieurs.

On entend la ritournelle qui annonce l'arrivée de Dutherme.

DUTHERME.

Il porte le costume des conducteurs des hydrothermes; pantalon, veste bleus, — ceinture rouge, chapeau ciré, ruban rouge au chapeau pour bourdalou. — il tient à la main un seau en métal et bat la mesure avec l'anse.

Air : *A quinze ans je fus militaire.*

Allons, femmes et jeunes filles,
Voilà l'instant de prendre un bain.
Tin, tin, tin, tin , tin, tin, tin !
Le bain vous rendra plus gentilles
En le prenant dès le matin.
Tin, tin, tin ! etc.
Cuisinièr's, marmitons, bons drilles
Alerte, la lavette en main.
Tin, tin, tin ! etc.
Ce que notre tonneau renferme
Est plus précieux que le vin.
Tin, tin, tin ! etc.
Car vous trouvez dans l'hydrotherme
La propreté du genre humain !
Tin ! tin ! tin ! tin ! tin ! tin ! tin ! tin
  Tin ! tin !

(*A Lucifer.*) Bourgeois, si vous voulez prendre un bain ! (*A part.*) il en a besoin. (*Haut.*) L'hydrotherme et Dutherme sont à votre service.

LUCIFER. Ah ! vous transportez des bains portatifs ?

DUTHERME. Mieux que ça, je verse toute la journée de l'eau chaude, de l'eau froide, de l'eau bouillante, dans tous les quartiers de Paris ; c'est la première fois que les hydrothermes viennent dans votre joli pays ; et j'espère bien que j'y viderai plus d'un tonneau !

LUCIFER. Mais Paris fourmille donc d'inventions nouvelles ?

DUTHERME. La mienne est des plus précieuses ! à tout heure du jour, on peut moyennant dix centimes la voie se donner de l'eau chaude, brûlante, bouillante; on a le choix des dégrés, — à chaque minute, on peut se régaler d'un bain, et ce n'est pas à dédaigner. — Non-seulement l'hydrotherme est agréable ; mais il est de la plus grande utilité.

Air : Que n'avons-nous la verve heureuse.

C'est une invention morale !
Dans ce siècle où l'on voit souvent
Plus d'une conscience sale,
Qu'il faut nettoyer promptement.
Or matin et soir nos voitures
Marchent toujours sans dériver,
De fautes , d'erreurs , de souillures ,
Tant de gens ont à se laver !
Tant de gens veulent se laver !

LUCIFER. Comment donc, de l'épigramme ! (*A part.*) C'est ce qu'il a dit de mieux ! (*Haut.*) Et ce n'est que cette année que cette idée vous est venue ?

DUTHERME. Il y a quelques mois... j'avais des capitaux qui ne faisaient rien ; des amis, des connaissances étaient dans la même position que moi, je leur ai fait part de mon projet, ils l'ont approuvé et nous nous sommes dépêché de nous mettre en activité.

Air : Les des traits de la médisance.

Moi, l'inaction m'importune ,
Travailler fut toujours mon fait.

LUCIFER.

Et l'espoir de faire fortune ?

DUTHERME.

Moi !.. depuis longtemps c'était fait ,
Et j'étais assez satisfait.
Dans le joli bourg de Saint-Claude,
Je fus vingt ans limonadier !

RICARAC.

Pour ne pas changer de métier,
Vous vendez toujours de l'eau chaude !

LUCIFER. Eh ! bien, mon cher ami, tu peux parcourir mon royaume ; tu auras du débit ; et le feu ne te manquera pas !

DUTHERME. Merci, le bourgeois... en revanche, nous soignerons vos commandes.

Il sort et chante.

Allons femmes et jeunes filles, etc.

SCÈNE VIII.

LUCIFER, RICARAC, ASTAROC ; Diables , la BLANCHISSEUSE.

RICARAC. Vous ne vous plaindrez pas de votre année 1857 ? elle a fait de la besogne ?

LUCIFER. C'est vrai ! — Mais qui nous vient encore ?

ASTAROK. C'est la blanchisseuse modèle de la Gare.

LA BLANCHISSEUSE.

Elle a le costume des dimanches des blanchisseuses de Paris, — elle entre dans une petite voiture en forme de baquet. — Sur l'impériale qui est à jour, des linges sont étendus pour sécher. — Cette voiture marche à la vapeur.

Air : C'est sur l'herbage.

J' suis blanchisseuse,
J' suis repasseuse,
J' viens vous offrir et mes fers et mes bras ,
J' suis jeune et belle,
J' suis toute nouvelle,
J'espère bien qu'on n' me r'fusera pas.

J' trait' le torchon aussi bien qu' la chemise .
Rien n' sos' par moi , tout se conserve bien ,
L'établissement a pris pour sa devise :
Plus de battoir ! à bas la brosse à chien !
Venez souscrire ,
Fait's vous inscrire ,
La blanchisseus' fièr' d' vot' protection ,
Vous certifie
Que tout' sa vie
Ell' s'ra toujours pour vous en action !

Venez m' trouver gens de tous les régimes
Qui d' vingt couleurs changez à votre gré ,
D' peur qu'un beau jour vous n'en soyez victimes,
Venez, venez , je vous savonnerai !
Femme coquette
Et gentillette
Qui salissez souvent un bien beau nom,
Accourez vite,
Chère petite ,
Tout disparaît avec un coup d' savon !

Vils intrigants, vos rus's et vot' manège,
Vous rendent noirs aux yeux de l'homm' de bien,
Passez chez moi, j' vous rendrai blanc comm' neige,
Et d' vos souillur's y n' paraîtra plus rien !

J' suis blanchisseuse
Et repasseuse,
J' viens vous offrir et mes fers et mes bras ,
J' suis jeune et belle,
J' suis tout' nouvelle,
J'espère bien, qu'on n' me refusera pas !

LUCIFER. Ah! tu es blanchisseuse?

LA BLANCHISSEUSE. Tiens! c'te nouvelle! il est malin, l' diablotin! combien d' fois faut-il vous le r'dire donc?

LUCIFER. Réponds-moi, et pas de commentaires.

LA BLANCHISSEUSE. L' plus souvent que tu m' feras taire! tu n'es pas assez colère, Lucifer! blanchisseuse et d' Paris, nous avons bon bec, c'est connu!

LUCIFER. Ne te fâche pas, jolie fille.

LA BLANCHISSEUSE. A la bonne heure! v'là qu'est poli!.. oui mon p'tit; je blanchis, repasse les dandis, de Paris et de tous les pays.

LUCIFER. Mais cela n'est pas nouveau, — depuis longtemps on blanchit.

LA BLANCHISSEUSE. A qui le dites-vous, mon choux! mais l'établissement de la blanchisserie de la Garre, dont je suis la bourgeoise, la gérante responsable, est unique dans son genre. — C'est du perfectionnement! — cent pour cent de bénéfices pour la pratique... et pourquoi?... ah! voilà!.. le chouette!.. l'étonnant!.. nous blanchissons à la vapeur, monseigneur!..

LUCIFER. A la vapeur!

LA BLANCHISSEUSE. Et pourquoi pas? — la blanchisseuse comme tant d'autres peut être vaporeuse! — et puis, maintenant, sans vapeur, pas de salut!

Air : de Préville et Taconnet.

Par la vapeur tout se fait sur la terre,
Voitur's, fabriqu's tout marche à la vapeur
La Franc' bientôt à l'instar d' l'Angleterre
A la vapeur devra tout son bonheur.
Car la vapeur à présent fait fureur!
Ce procédé qu'à bon droit chacun cite
Partout, dans tout est en grande faveur! (*bis*)
Chez nous l'amour aujourd'hui va si vite,
Que j' crois qu'on fait l'amour à la vapeur!

LUCIFER. Et tu viens ici pour trouver des pratiques?

LA BLANCHISSEUSE. Comme vous dites, faut se faire connaître! — j' crois que je n'en manquerai pas chez vous. — j'ai vu des gaillards et des donzelles qui ont besoin d'un fameux coup d' savon, — eh? allons donc j' les savonn'rons, n'y a pas d'affront!

LUCIFER. Cette luronne là va pervertir tous mes sujets!

LA BLANCHISSEUSE. Tes sujets! j' vais les rendre gentils comme des chérubins!

je veux faire, mon cher, de ton enfer... une succursale de mon bel établissement. Adieu, mon vieux! (*A part.*) A-t-il l'air d'un vieux cerbère, ce pauvre Lucifer!.. (*Haut à Lucifer.*) Sans rancune, mon bichou? (*A Ricarac et à Astarok.*) Et vous aussi, mes chéris!

Elle sort en fredonnant.

Je suis blanchisseuse, etc,

SCENE IX.

LUCIFER, RICARAC, ASTAROK, Diables, PARACROTTE, Milord CIRAGIGOFF.

ASTAROK. En voilà une commère!

LUCIFER. Une vraie Marie bon bec.

RICARAC. Bien drôlette ma foi! je lui donnerai ma pratique et mon cœur de diablé!

Paracrotte et Ciragicoff se disputent dans la coulisse.

PARACROTTE, *dans la coulisse.* J'entrerai.

MILORD. Je dois passer avant vous.

PARACROTTE. C'est une infamie!

MILORD. Une abomination!

LUCIFER. Quel est ce bruit?

RICARAC. Ce sont deux industriels qui depuis un an se disputent les boues de Paris. Milord Ciragicoff, renommé par son cirage anglais qu'il promène en voiture; et M. Paracrotte, inventeur d'une mécanique brévetée qui porte son nom.

LUCIFER. Qu'ils soient introduits.

Ils entrent. — Milord Ciragicoff est habillé en Anglais ridicule, il est suivi de deux domestiques en habits galonnés. — M. Paracrotte est en habit et pantalon noirs, il est crotté jusqu'au milieu du dos.

PARACROTTE.

Air : Vers le temple de l'hymen.

Vous êtes un intrigant!

MILORD.

Vous êtes un anarchiste!

PARACROTTE.

Vous êtes un vrai banquiste!

MILORD.

Vous êtes un charlatan!

PARACROTTE.

Votre cirage est nuisible!

MILORD.

Votre mécanique est horrible!

3

ENSEMBLE.

Cherche encor s'il est possible
A dénigrer mon état.

PARACROTTE.

Vous êtes un grand coupable!

MILORD.

Vous êtes un misérable!

PARACROTTE.

Vous êtes un scélérat!

ENSEMBLE.

Vous êtes un scélérat!   (bis.)

LUCIFER. Diable! — voilà qui ne va pas
mal! oh! là! mes gaillards, expliquez-nous
la cause de vos débats?

MILORD. Je étais l'inventeur d'un cirage magnifique! d'un amour de cirage!..
d'un cirage qui fait le admiration et le
bonheur du beau sexe, — je avais des voitures superbes pour promener mon cirage dans le capitale.

LUCIFER. Comment! tu promènes ton
cirage en voiture?

MILORD. Ce était très adroit.

Air : Vaud. de l'Apothicaire.

Ce moyen-là répond à tout,
Car dans mon superbe équipage,
Je puis me transporter partout,
Partout je répands mon cirage.
J'ai les chevaux les plus fringants,
A Paris les badeaux m'admirent!
J'éclabousse tous les passants,
Pour que tous les passans se cirent.
Oui, j'éclaboussse les passans,
Afin que les passans se cirent.

LUCIFER. C'est assez ingénieux! (*A Paracrotte.*) Et toi que fais-tu?

PARACROTTE. Moi! je préserve les humains de tous les ruisseaux, des tas d'or-
dures, et généralement quelconque de
toutes les immondices qui folâtrent sur le
pavé glissant de nos rues malpropres, —
grâce au petit appareil de mon invention
que voici. (*Il tire de sa poche une paire de
paracrotte.*) que je vends et pose dans mon
magasin pour la simple bagatelle de un
franc, — on peut marcher du matin au
soir dans Paris, le traverser, l'arpenter
dans tous les sens, par les temps les plus
affreux, par les crottes les plus sales...
sans jamais attraper une seule tache de
boue, — c'est merveilleux!

LUCIFER, *l'examinant.* Cependant, l'état
où je te vois ne m'inspire pas beaucoup
de confiance pour ta mécanique.

PARACROTTE. Au contraire! — Je n'en
fais pas usage moi.

LUCIFER. Tu as tort! ce serait le vrai
moyen d'assurer le débit de ta marchandise.

PARACROTTE. C'est par calcul!

Air Restez, restez troupe jolie.

Si j'avais fait cette folie,
Mon débit serait arrêté,
En me voyant, chacun s'écrie:
Ah! mon Dieu! comme il est crotté!
C'est une horreur en vérité!
On me fuit, puis à ma boutique
On court encor saisi d'effroi.
On achète ma mécanique,
Pour être plus propre que moi.

MILORD. Ne voilà-t-il pas une belle invention, pour faire tant d'embarras! —
parer de la crotte! — c'est anti-*ciragien*! —
nous avons déjà les paratonnerres, les pa-
rachutes, les parapluies, les paravents,
les parasols. — Mais de combien d'autres
choses plus à craindre ne devrait-on pas
découvrir le moyen de nous préserver!

Air : Loin du monde et de la cour.

Ah! si l'on pouvait grand Dieu!
Nous préserver sur la terre
Du mal que l'on y voit faire
Nous serions bien plus heureux!
Qui nous parera d'avance
De ces fripons d'importance
De ces bureaux d'assurance;
Des pièges de la beauté!
Des voleurs de grandes routes,
Et surtout des banqueroutes
Je dirais : en vérité
Voilà de la nouveauté!
Ah! vive la nouveauté!

LUCIFER. Je vois que la jalousie vous
anime l'un contre l'autre, tant mieux!..
la discorde! la discorde!.. voilà ce qu'il
me faut... songez surtout à ne pas vous
réconcilier.

MILORD. Moi me réconcilier, avec cet être
que je déteste!

PARACROTTE. Jamais! — je briserais
plutôt ma mécanique!

MILORD. Et moi! pour le malheur des humains, je abandonnais le confectionnement de mon gentil cirage.

PARACROTTE. Guerre à mort à ce gros pouff!

MILORD. Vous êtes un insolent!

PARACROTTE. Et vous un goddeam!

MILORD, *étouffant de rage.* God! god! god!..

Paracrotte se jette sur Milord qui veut boxer avec lui.

PARACROTTE.

Air *Vers le temple de l'hymen.*

Vous êtes un intrigant!

MILORD.

Vous êtes un anarchiste! etc.

Ils sortent en se disputant.

SCÈNE X.

LUCIFER, RICARAC, ASTAROK. Diables, LA VILLE DE VERSAILLES.

LUCIFER. A la bonne heure! parlez-moi de ces lurons-là, voilà de vrais gibiers d'enfer!

On entend la ritournelle qui annonce l'arrivée de la ville de Versailles. Astarok remonte la scène.

ASTAROK. Maître une belle dame! oh! mais... superbe!

La ville de Versailles, est représentée par une femme jeune et jolie. — Elle a pour coiffure un bassin surmonté d'une cascade et d'un jet d'eau, — sur sa robe blanche sont peints des arbres, des bosquets; — sur son châle, des portraits de généraux et des batailles.

Air : *Heureux habitants.* (Kettly.)

VERSAILLES.

Venez sans effroi,
Je suis la ville de Versailles!
Jadis sur ma foi,
Tous les honneurs étaient pour moi!

Je dus aux travaux
Des héros
De trente batailles
Ma vieille splendeur,
Mon beau renom, et ma grandeur.

Je vis d'un grand roi
Et les plaisirs et les largesses;
Le cœur en émoi
Les beautés se rendaient chez moi.
Du prince Français
Oui, je recevais
Les maîtresses.
Chez moi chaque jour
Le dieu d'amour
Formait sa cour.

J'eus mon mauvais tems,
Comme bien d'autres sur la terre;
Des ennuis bien grands,
Des regrets toujours renaissants,
Une voix tout bas
Cependant me disait : espère!
Un jour tu plairas,
Tu brilleras!
Tu charmeras!

Sans croire pourtant
Que l'on puisse être rajeunie,
Je disais souvent :
C'est un mensonge assurément!
C'était vérité;
Maintenant je suis embellie!
Moi, vieille cité!
J'ai repris toute ma beauté!

Venez sans effroi, etc,

LUCIFER. Tu es donc régénérée?

VERSAILLES. Oh! tout-à-fait! convenez aussi qu'il était cruel pour une femme encore jeune et jolie de se voir ainsi délaissée! — il faut être femme pour bien comprendre ma douleur! — moi surtout qui ne manquais ni de visiteurs, ni d'admirateurs, dans mon beau temps!

LUCIFER. Enfin, te voilà métamorphosée?

VERSAILLES. Heureusement, — et si vous saviez comme je suis riche et belle!.. ces statues, ces tableaux qui décorent mon palais... font l'admiration de tous les visiteurs! — la foule ne cesse de venir encombrer mes rues, mes hôtels, mes jardins. — Ce ne sont plus les mêmes joies que jadis — mais ce sont des joies véritables, dont le souvenir ne s'effacera jamais

Air : *de Caleb.*

Ville des Rois, trop longtemps délaissée,
Naguère encor quand on me visitait!
On me trouvait laide, vieille, cassée;
En soupirant chacun me désertait.
Mais un beau jour, le peuple eut la victoire
Sept ans après, retrouvant ma beauté;
Fille des rois, je renais à la gloire;
Sous un rayon de votre liberté!

Le musée de Versailles occupera de belles pages dans l'histoire de la révolution de 1830... c'est là que les Français pourront contempler ces batailles mémorables où le drapeau national fut témoin de tant de prodiges! Marengo! Austerlitz; Yena; Friedland; la Moskowa; Waterloo; Constantine! — c'est là que les souvenirs d'une gloire immortelle feront battre les cœurs! c'est là enfin que l'on pourra revoir avec orgueil Napoléon; Montebello; Ney; Mortier; Danrémont; et mille autres dont la patrie n'oubliera jamais la vaillance et l'intrépidité! L'idée qui créa ce nouveau monument à la gloire nationale est sublime!

LUCIFER. Je ne suis pas dans l'usage de me réjouir de la félicité des mortels; mais ton récit, cependant, m'a prévenu en faveur de l'année 1837.

VERSAILLES. C'est en reconnaissance de ce qu'elle a fait pour moi, que j'ai voulu publier ses bienfaits... J'espère que ma visite ne sera pas perdue pour elle.

Air : *Tu vas changer de costume et d'emploi.*

Puisqu'on me rend à mes jours de splendeur,
   Je me consacre à ma belle patrie;
Je dois aimer l'auguste protecteur
   Et du courage et du génie!

Lorsque l'on voit flotter de toutes parts,
Ce vieux drapeau dont la France est si fière!
L'ami constant des sciences, des arts,
De tous les Français est le père.

Puisqu'on me rend à mes jours de splendeur etc.

Elle sort.

SCÈNE XI.

LUCIFER, RICARAC, ASTAROK;
Diables, DURAIL.

ASTAROK. Maître! voilà j'espère une véritable nouveauté.

LUCIFER. C'est bien pour là haut! mais très mal pour ici.

Roulement de tymbale.

RICARAC. Maître! une procession de petites voitures, entourées d'une épaisse fumée.

LUCIFER. Qu'est-ce donc.

La locomotive paraît, elle remorque plusieurs élégans vagons, elle traverse le fond du théâtre et s'y arrête. — Durail passe par-dessus les vagons et descend en scène.

DURAIL.

Air : *Lorsque le champagne.*

Vive ma méthode
Pour aller bon train,
   Grand train!
Comme c'est commode,
Pour un long chemin.

Grâce à ma voiture
Elégante et sure,
On peut je vous jure
Déjeûner à Pékin,
Et le soir ensuite
On peut au plus vite,
Rendre une visite
Au faubourg Saint-Germain.

Vive ma méthode, etc.

Le charmant voyage!
Dans mon équipage,
On a l'avantage
De fendre toujours l'air.
Que l'on se rassure,
Rien dans la nature
N'est doux je vous jure
Comme un chemin de fer!

Vive ma méthode, etc.

LUCIFER. Eh! quoi! ce serait là le fameux chemin de fer?

DURAIL. Le chemin de fer de Paris à Saint-Germain; oui, seigneur Lucifer, — et vous voyez devant vous, Durail l'entrepreneur propriétaire et compagnie du dit chemin. — Rien de plus merveilleux! de plus fantastique! la vapeur!.. elle me guide!.. elle me pousse!.. elle m'emporte! elle me soutient! la vapeur!.. la vapeur!..

Air : *de la légère.*

C'est magique
Electrique,
Magnifique
Economique,
Mon portique
Comme un cirque
Soir et matin
Est tout plein.
Dans mes trente-deux vagons
Il faut voir comme se tasse;
C'est à qui trouvera place,
Vieillards et jeunes tendrons.
Chez moi prenant domicile,
Tout le monde y vient loger;
On croit voir toute une ville
Qui se met à voyager!

C'est magnifique, etc.

Les chevaux
Sont rococos!
Une voiture
Est peu sûre
Aux gondoles je l'assure,
Le public tourne le dos.
Notre allure étant plus vive
Convient bien mieux entre nous.
Aussi la locomotive
Enfonce tous
Les coucous.
C'est magique, etc.

LUCIFER. En effet! ces pauvres coucous! tu as dû les faire damner?

DURAIL. Ne m'en parlez pas. — je suis certain que jamais invention ne vous envoya plus d'âmes. — Non-seulement j'ai fait damner mes employés, mes directeurs, mes actionnaires... mais encore j'ai fait sauter mes voyageurs?

LUCIFER. Tu les as fait sauter!

DURAIL. Sans doute.

Air : *Monsieur c'est un' lettr' pour madame.*

J'ai vu sauter tout l'équipage.

LUCIFER.
Cela devait être effrayant?

DURAIL.
Ça m'arrive à chaque voyage.

LUCIFER.
Mais ce n'est pas très engageant.

DURAIL.
Entendons-nous, je vous en prie;
Loin de moi sinistre désir;
Mes voyageurs, chose inouïe!
Sautent tous!.. mais c'est de plaisir.

LUCIFER. De plaisir! de plaisir!.. si j'étais à la place de ces pauvres parisiens... je ne sais pas trop si je m'y fierais.

DURAIL. Vous! c'est possible, mais à Paris, on se fie à tout, et qui pourrait ne pas admirer le prodige du siècle! le nec plus ultra des miracles, de l'invention humaine!.. la vapeur!.. le chemin de fer!.. ah!.. bravo! bravo! bravissimo!.. c'est de la *merveillosité!* du sublime!.. du grandiose!.. de l'extraordinaire!..

DURAIL.

Air : *du Charpentier.*

Oui la vapeur
Aujourd'hui fait fureur,
Son pouvoir nous entraine.
Elle nous mène
Au plaisir, au bonheur,
Tout marche à la vapeur!

On doit être fier
De ces inventions nouvelles!
Mon chemin de fer
A l'amour doit être bien cher!
Effroi des mamans,
Je suis l'espoir des demoiselles;
Je veux en tous tems
Etre favorable aux amants.
Lorsqu'un amoureux
S'introduira dans un ménage,
Quand d'un mari vieux
L'hymen aura fermé les yeux,
Le couple chéri
Montera dans mon équipage,
S'il y monte aussi,
Je ferai sauter le mari.

Oui la vapeur, etc.

Que de visiteurs
Je trouverai sur mon passage!

Tous les débiteurs
Vont se faire mes voyageurs.
Les banqueroutiers
Vont pouvoir avec avantage
Fuir tous les huissiers
Les usuriers
Les créanciers.
Partout nous irons,
Partout avant peu je l'espère?
Nous voyagerons,
Et partout nous pénétrerons.
Enfin, Lucifer,
Je veux établir sur la terre
Un chemin de fer
Qui nous conduise dans l'enfer?

Ouida vapeur, etc.

La vapeur!.. le chemin de fer!.. c'est la gloire de l'époque et l'espoir des siècles à venir. — Aussi j'en suis tout fier! — et glorieux de mes savants travaux, je répète en tous lieux:

Vive ma méthode
Pour aller bon train,
Grand train. etc.

Il sort.

SCENE XII.

LUCIFER, RICARAC, ASTAROK,
Diables.

LUCIFER. Savez-vous, mes chers diables, que cet inventeur étonnant, vient de concevoir une grande idée!

ASTAROK. Une idée infernale!

LUCIFER. Sublime!.. Grâce à son chemin de fer, les damnés nous arriveront bien plus vîte.

RICARAC. Ces pauvres damnés! seront-ils contents de ne plus se fatiguer autant pour venir chez nous.

Ritournelle qui précède l'entrée de la Sylphide et des bayadères.

SCENE XIII.

Les Mêmes, LA SYLPHIDE, Bayadères.

L'orchestre prélude par de tendres accords. — Six bayadères paraissent et exécutent plusieurs poses gracieuses; quand elles ont terminé leur danse, l'orchestre s'anime; — la foudre gronde et la Sylphide s'élance sur le théâtre.

LA SYLPHIDE.

Air: *Mesdemoiselles à votre âge.*

La terre
Etrangère
Est légère
Pour une jeune bayadère.
La terre
Etrangère
Doit plaire
Aux danseuses de l'Opéra
Notre fortune se fait là!

Les Français toujours magnifiques
Nous lapident avec des fleurs;
Les Russes sont moins connaisseurs,
Mais leurs bravos sont moins économiques.

La terre
Etrangère, etc.

LUCIFER. Le charmant personnage! — qui es-tu, belle enfant?

LA SYLPHIDE. Qui je suis? — une bayadère, une fille du Danube, une Sylphide... qui quitte Paris pour aller visiter les cours étrangères.

LUCIFER. Tu quittes la France?

LA SYLPHIDE. Que voulez-vous! on ne me proposait à l'Opéra que cent mille fr. pour neuf mois.

RICARAC. On ne vous proposait que cela?

LA SYLPHIDE. C'est une indignité!

Air: *Pour enrichir nos deux auteurs.*

Je dois paraître avec éclat,
Et comme je fais la recette;
Je veux cent francs par entrechat,
Et deux cents francs par pirouette.
Vers les cieux prenant mon essor,
J'ai des ailes qui me grandissent.
Mais ce n'est qu'en sautent sur l'or
Que mes deux jambes rebondissent.

RICARAC. De sorte que la danse va s'exiler à Saint-Pétersbourg ?

LA SILPHIDE. Hélas oui ! mais on pourra se consoler de mon départ, — lorsque j'ai quitté la France, j'y ai laissé d'assez beaux représentants.

LUCIFER. Ah ! tu as laissé des représentants !.. je voudrais bien les connaître.

LA SYLPHIDE. Ils se sont montrés partout ; — au Palais-Royal, aux Variétés ; au Panthéon. — je ne veux pas dire en parlant du Panthéon, qu'ils soient représentés sur l'historique fronton de M. David. — Les danseurs ne sont pas encore arrivés-là.

LUCIFER. Cela viendra peut-être !

LA SYLPHIDE. Je l'espère ! en attendant les danseurs dont je parle se sont contenté d'un Panthéon sur lequel ils ont fait inscrire :

AUX GRANDS DANSEURS LA RECETTE RECONNAISSANTE.

LUCIFER. Enfin ces danseurs, ne puis-je les voir ?

L'orchestre joue l'air : j' tap' partout, j' connais rien, je suis faubourrien !

LA SYLPHIDE. Cet air voluptueux t'annonce leur arrivée !

SCENE XIV.

Les Mêmes, LE DANSEUR, LA DANSEUSE, Espagnols.

Les danseurs portent le costume espagnol.

LE DANSEUR

Air : *J' tap' partout.*

J'ai des formes ravissantes,
Je suis un petit amour !

LA DANSEUSE.

J'ai des postures charmantes,
J'ai la jambe faite au tour.

LE DANSEUR.

Que le parterre a de joie
Quand je suis ainsi penché !

LA DANSEUSE.

J'ai ma taille qui se ploie.

LE DANSEUR.

J'ai le corps tout débauché !

ENSEMBLE.

Cette danse légère
Qui sait charmer et plaire
La voilà   *(bis.)*
C'est la cachucha !

LE DANSEUR.

Que de belles positions !

LA DANSEUSE.

D'élégantes contorsions !

ENSEMBLE.

La voilà !   *(bis.)*
C'est la cachucha !

LE DANSEUR.

Quand nos jambes s'embarrassent,
Quand nous allons trébucher,
Vite nos bras s'entrelacent,
Nous savons nous rapprocher.

LA DANSEUSE

Lorsqu'on te voit me sourire,
Quand je t'embrasse en passant,
Il faut voir comme on admire
Notre petit air cancan !

ENSEMBLE.

Cette danse amoureuse
Légère et gracieuse
La voilà   *(bis.)*
C'est la cachucha !

LA DANSEUSE.

Nous pouvons dire sans orgueil,
Que nos jambes donne dans l'œil !

La danseuse en levant le pied frappe le nez de Ricarac qui l'examinait.

ENSEMBLE.

La voilà   *(bis.)*
C'est la cachucha !

LUCIFER. A merveille ! c'est très gracieux ! mais il existe une si grande différence entre vos deux genres, que pour vous bien connaître, je voudrais vous juger séparément.

LA SYLPHIDE. Volontiers, — allons !

gentilles bayadères, préludez à nos danses. —

Les bayadères exécutent des figures et des poses.

Air : *C'est ici le séjour des grâces.*

Ah ! venez admirer nos grâces,
Sur nos pas naissent les désirs ;
Et l'amour en suivant nos traces
Vous promet de nouveaux plaisirs !
Ah ! venez (*bis*) venez (*bis*) chercher tous les plai-
[sirs ?

La Sylphide danse.

Air :

Que de légèreté !
De gracieuseté !
Je vais m'évanouir
Sur l'aile de zéphir !
Comme un sylphe léger
On me voit voltiger ;
L'amour n'est pas je crois
Plus volage que moi !

Les danseurs espagnols dansant.

Air : *Tour la la !*

Tour la la,
Tour la la !
Tour la, tour la, tour, la la !
Tour la la !
Tour la la !
Vive cette danse là

LA DANSEUSE.

Cambre toi, renverse toi,

LE DANSEUR.

Sois aussi souple que moi,

LA DANSEUSE.

Fais moi tes yeux les plus doux !

LE DANSEUR

Tordons-nous !

LA DANSEUSE.

Tortillons-nous

TOUS.

Tour la la ! etc.

LE DANSEUR.

Notre danse à mon avis
A fait courir tout Paris.

LA DANSEUSE.

Pour voir danser le cancan
Faut-il se déranger tant !

TOUS.

Tour la la !

LA DANSEUSE.

A la barrière on défend,
Le moindre geste indécent.

LA DANSEUSE.

Pourtant on admire
Dolorès et Campruni.

TOUS.

Tour la la, etc.

*Pendant les trois couplets, tous les personnages
entraînés par la gaîté des deux danseurs se met-
tent aussi en danse—au premier couplet la Sylphide
et les Bayadères, — au deuxième Astarok et les
Diables — au troisième, Ricarac et Lucifer !*

*La Danse devenue générale, les Danseurs et les
diables sortent.*

*Le tonnerre gronde avec force — une détonation se
fait entendre — le Théâtre est en feu, les éclairs
se succèdent avec rapidité.*

*Pendant ce bruit, Lucifer, Ricarac et Astarok
parlent.*

LUCIFER. Qu'est-ce ! qu'y a-t-il ?
RICARAC. L'enfer tremble ! fuyons.

Le bruit redouble.

LUCIFER. Venez tous dans mon palais.

Ils sortent.

Nouvelle détonnation. — Changement.

SCÈNE XV ET DERNIÈRE.

L'année 1838, le Bonheur, l'Espérance, toutes les nouveautés de 1837, Bayadères.

Le théâtre représente le temple de l'Espérance, — au fond un trône, il est orné de guirlandes de fleurs, — des trépieds près du trône, supportent des cassolettes en or dans lesquelles brûlent des parfums.

L'année 1838 est représentée par une jeune fille, sa robe est un tissu d'argent, — elle a sur la tête un diadème en or et enrichi de diamants, — elle tient à la main une corne d'abondance d'où s'échappent des épis, des fruits et de l'or, — au changement, elle est assise sur le trône; le bonheur est à sa droite l'Espérance à sa gauche. — Toutes les nouveautés sont groupés près du trône.

CHŒUR.

Air : *Quel bonheur il a sa grâce.*

Arrive, nouvelle année !
Arrive, protège-nous.
Pour nous tous sois fortunée,
Que ton règne nous soit doux !

1838, *descendant du trône.* Oui, mes amis, je suis l'année 1838, j'ai triomphé des ruses et des embûches de Lucifer; son empire est détruit. — Fille du bonheur et de l'espérance, c'est moi qui la cent-trente-huitième, suis sortie des mains du créateur!

TOUS. Vive 1838!

1838. Oui, vive 1838! mais quelque soient mes efforts, je serai vieille et ridée dans douze mois. (*On entend sonner minuit.*) Minuit! je n'ai pas une minute à perdre, la terre m'attend avec impatience, — il a loin d'ici-là !

DURAIL. Charmante année, ma locomotive et mon chemin de fer sont à votre disposition.

1838. Ce n'est pas de refus, j'accepte et j'emmène avec moi toutes les nouveautés de ma sœur aînée, qui dans douze mois seront presque oubliées pour faire place à celles de ma création. — Partons!.. mais avant, encore un mot.

VAUDEVILLE-FINAL.

———

Air : *Vaud. de la révolte des Coucous.*

1838.

Soyez heureux !
Soyez joyeux !
Formez des vœux
Pour cette année.
Sa destinée
Vous charmera
Aimez la bien, soutenez-la..

CHŒUR.

Soyons heureux, etc.

Plus de soucis, de craintes de regrets,
De gens heureux que la France fourmille ;
Et satisfaits, que partout les Français
Ne fassent plus qu'une même famille.

CHŒUR.

Soyons heureux, etc.

LA SYLPHIDE.

Si l'on nous voit aimer le changement,
Traiter l'amour en folles bayadères,
Nous en vouloir ne serait pas galant,
C'est par état que nous sommes légères.

CHŒUR.

Soyons heureux, etc.

HOUBLON.

Boire du vin deviendra rococo,
A bas Bordeaux et Champagne et Madère !
Quand ils verront mon procédé nouveau,
Tous les gourmets se mettront dans la bierre.

CHŒUR.

Soyons heureux !

LA DANSEUSE.

Si nous faisons un faux pas en dansant
On nous critique, on nous siffle, on nous blâme,
Un seul faux pas peut nous perdre !... et pourtant !
On en voit faire à plus d'un' grande dame !

CHŒUR.

Soyons heureux ! etc.

4

PARACROTTE.

Malgré les soins que je prends, oui je croi
Que je n' pourrai jamais, je vous l'avoue,
Avoir assez d' paracrotte chez moi
Pour tous les gens qui se couvrent de bouc.

CHŒUR.

Soyons heureux ! etc.

LE DANSEUR.

Plus de cancan, voilà les réglements,
Mais c'est envain, soit dit sans épigrammes,
Si vous voulez détruire les cancans,
Empêchez donc de parler tout's les femmes !

CHŒUR.

Soyons heureux ! etc.

DURAIL.

A Constantine où brillait la valeur,
Où nos soldats se sont couverts de gloire,
Il ne fallait ni vagons ni vapeur ;
Car les français volaient à la victoire.

Soyons heureux ! etc.

1838.

Au Public.

Du premier jour dépend souvent, dit-on,
Tout le bonheur de l'an qui recommence !
Oh ! pour ne pas démentir ce dicton,
Messieurs, pour nous écoutez l'indulgence.

L'INDULGENCE.

Bons spectateurs !
A nos auteurs,
A nos acteurs,
Pour que l'année
Soit fortunée,
Dites bien haut :
Bravo, bravo !
Bravissimo !

CHŒUR.

Bons spectateurs, etc.

FIN

Impr. de POLLET, SOUPE et GUILLOIS, rue St-Denis, 380.   (MAILLET)